AF434200

مركز تريندز للبحوث والاستشارات
TRENDS RESEARCH & ADVISORY

الحل التربوي وحماية الناشئة من التطرف

د. أنس الطريقي

أوراق محاضرات (1)

أكتوبر 2021

قائمة المحتويات

ملخص تنفيذي

تبعاً لتعريف التطرف بأنه منطق تفكير لا يقبل بالحلول الوسطى في تعريفه للصواب والخطأ، فإن الدور الموكول للمؤسسة التربوية، هو تربية الناشئة على مرونة التفكير، بمعنى أن تخلق في الفرد هذا الاستعداد المستمر لتعديل موقفه. وهو استعداد لا يمكن أن يتحقق إلا إذا آمن الفرد بأن الحقيقة نسبية، وهي ذاتية، وأنها مرحلية لا نهائية، وأنه لا يعيش بالحقائق، إنما هو كائن يتأقلم باستمرار مع محيطه، ويتصرف بمقتضى ما يطرأ على ما في حياته اليومية من أحداث. وتهدف هذه المحاضرة إلى تقديم مفهوم التواضع كموقف ذهني مطلوب بوصفه شرطاً جديداً لمنطق تفكير يعد أهم طريق لتحصين الناشئة ضد التطرف، مُنَظِّرةً أن مهمة ترسيخه في نفوس الناشئة وفي تفكير المجتمع موكول إلى المؤسسة التربوية التي يتوجب عليها أن تُدخل في ذهن الناشئة الإيمان بأن الهدف من المعرفة هو اكتساب مهارة العيش، وأن رحلة التحصيل لا تنتهي ما دام الإنسان يعيش، وأنه وحده التواضع الذي من الممكن أن يحمِله على تفادي الوهم بامتلاك الحقيقة والمعرفة، ويجعله يؤمن بأن ما يعرفه يبقى دائماً قليلاً. فلا مفر حينئذ عنده من العيش في انفتاح دائم على ما يمكن أن يعرفه في كل لحظة وحين، وهكذا يمكن أن يحصنوا أنفسهم من التطرف.

مقدمة

في إطار البحث عن وسائل الوقاية من التطرف بكل أصنافه، ولاسيما التطرف الديني، نعتقد أن أهم هذه الوسائل تتمثل في التربية العمومية التي تشرف عليها الدولة في مؤسساتها التعليمية. ويتجاوز هذا الحل مجرد تطبيق الطرق التربوية الجديدة التي قدمها ممثلو تيار التربية الجديدة منذ النصف الأول من القرن العشرين، مثل الأمريكي جون ديوي (ت1952م)، أو الإيطالية ماريا مونتسوري (ت1952م)، وغيرهما إلى رؤية جديدة تؤمن بأن الهدف من العملية التربوية هو التثقيف، واكتساب القدرة على التعلم باعتباره مسار حياة كاملة، يعيشها الفرد طلباً لإثراء ذاته.

فعلى الرغم من ضرورة المعارف، فإن المكتشفات العلمية المعاصرة بينت أن كل المعارف ليست إلا معارف نسبية، لكن الإيمان بيقينيتها يعد من مداخل التطرف. كما كشفت أن الإنسان لا يعيش حياته بالمعرفة فحسب، وإنما هو كائن يحاول في كل لحظة أن يفهم الأحداث التي تحيط به، ويسعى للتأقلم معها. ولهذا أكد الكثير من مفكري التربية أن شروط الحياة السليمة التي يجب أن ننشئ عليها الفرد تتمثل في مرونة التفكير، وتنمية وعيه بنسبية المعارف، وتقوية قدرته على التأقلم وامتلاك كفاءة حل مشكلات الحياة اليومية، وصناعة الاتفاقات الضامنة للتعايش الجماعي؛ ويعني هذا في مستوى التربية أن ننتقل من رؤية للتربية تعتبرها وسيلة يقتصر دورها على تلقي المعارف، سواء كانت علمية أو دينية أو أخلاقية، إلى هدف جديد هو التهذيب أو التكوين أو التثقيف édification/Bildung.

وتتمثل قيمة هذه الرؤية الجديدة في كونها تنبه إلى مسألة نسبية المعارف، وارتباط القيم التي يعيش بها الإنسان لا بالمعارف فحسب، وإنما بسعيه إلى التأقلم مع محيطه، وأن حصر التربية في مهمة تحصيل المعارف قد يكون

من مداخل التطرف، بينما المطلوب هو تنمية وعي المبتدئ على المرونة، والقدرة على قبول الجديد والمختلف والتأقلم معه. وهو ما يعني تطبيقه في مستوى تكوين الناشئة وتربيتها على ثقافة نسبية المعرفة والحقيقة، وعلى موقف الانفتاح على الآخر، والجديد، والممكن، وذلك عبر تنشئتها على هدف تربوي أساسه طلب التثقيف وبناء الذات، ما يؤدي عملياً إلى ممارسة حياة مرنة منفتحة على كل ما هو مختلف.

لأجل هذا قسمنا الورقة إلى ثلاثة أقسام: نتناول في الأول الحديث عن مفهوم التطرف، فيما نخصص الثاني لتعيين علاقة الرؤية التربوية الحالية بالتطرف، ومدى مساهمتها في إنتاج التطرف. أما القسم الثالث فنخصصه لشرح الرؤية التربوية المطلوبة، وعلاقتها بمقاومة التطرف.

أولاً: مفهوم التطرف.. مقدمة للبحث في طريقة الوقاية من أثره على الناشئة

إذا كان التطرف هو المشكلة التي تحاول هذه المحاضرة أن تفكر في حلولها، أو في طرق حماية الناشئة من خطرها، فإنه لا يجوز أن نقدم الحلول دون الانطلاق من تعريف للتطرف. وفي هذا الموضوع بالذات، فإنه من اللافت للنظر أنه يصعب العثور على تعريف علمي للتطرف[1]. والحق أن الكلمة

---

1. لم نعثر على تعريف للتطرف في خمسة من المعاجم الأساسية في دراسة الظواهر الإنسانية، صادرة عن إحدى الجهات العلمية المرموقة (مركز النشر الجامعي الفرنسي) (P.U.F)، هي على التوالي:

- معجم العلوم الإنسانية

- معجم العلوم الاجتماعية

- معجم الظواهر الدينية

- معجم الفلسفة السياسية

- معجم لالاند للمصطلحات التقنية والنقدية للفلسفة، وجميع هذه المعاجم المعتمدة الناطقة باللسان الفرنسي صادرة في طبعات جديدة، باستثناء معجم لالاند.

تكاد تكون صناعة غربية استخدمت أساساً في تسمية الحركات الاحتجاجية الإسلامية على كل أصناف التدخل الغربي في شؤون البلدان العربية المسلمة، ولاسيما تلك التي اتخذت العنف شكلًا نضالياً، إلا أنه وقع تعميمها لاحقاً لتصبح نعتاً متعارفاً عليه للحركات الإسلامية العنيفة الجهادية خاصة، بعد أن حولت حربها إلى حرب كونية على كل الأنظمة التي لا تطبق أيديولوجيتها الإسلامية[2]، إلا أن مفهوم التطرف خلاف هذا الحصر الأيديولوجي، يعد ظاهرة كونية نجدها عند كل الشعوب وفي كل الثقافات، وفي المستوى الفردي أو في المستوى الجماعي، وهو يتشكل في كل الصور الثقافية الدينية والسياسية وفي أنماط التفكير[3].

لأجل هذا ننطلق من تعريف فلسفي للتطرف؛ بمعنى أنه يحاول أن يكتشف معنى جامعاً لمفهومه من خلف مظاهره الكثيرة البادية في السلوك والأقوال. وهو تعريف مؤداه أن التطرف موقف أخلاقي؛ أي ضميري أو عقلي سمته الأساسية أنه موقف حَدي باتر، بمعنى أنه يقيّم الأفكار والآراء والسلوك وفق مسطرة ذهنية للحقيقة والزيف، أو الصواب والخطأ، هذه المسطرة عبارة عن تعريف نهائي لما هو حقيقة وما هو صواب، وما هو

---

2. راجع حول هذا الربط الغربي المصطنع بين الإسلام والتطرف أو الإرهاب، مقالنا بعنوان: الإسلام والإرهاب حقيقة لغوية لا واقعة موضوعية، موقع مؤمنون بلا حدود للدراسات والأبحاث، شبكة الإنترنت على الرابط التالي: https://bit.ly/2WkRpP8

3. لئن لم يصعب العثور على أمثلة عديدة للتطرف في التاريخ، فإن أمثلته في الوقت الراهن كثيرة، ولاسيما في البلدان التي تعد قمة التقدم التكنولوجي والرقمي، وربما تمثل جماعة "رهبان المسيح" (Disciples of Christ) التي يرفض أتباعها أساليب العلاج الحديثة، ويتركون أبناءهم يموتون من أي مرض أو إصابة، إخلاصاً لإيمانهم بأن المسيح يخلصهم، من أمثلة التفكير المتطرف الديني المنتشر هنا وهناك في كل بقاع العالم تقريباً والتي حظيت بمتابعة إعلامية وقضائية لم تغير من واقعهم شيئاً. حول هذه الجماعة، انظر: تحقيق البرنامج الفرنسي مبعوث خاص، بعنوان "الأطفال القرابين"، على الرابط التالي:

https://www.francetvinfo.fr/societe/religion/video-au-nom-de-la-foi-les-enfants-sacrifies_3174625.html

صحيح وما هو خطأ. فما كان مستجيباً لشروط الصواب التي يتبناها الفرد كان في نظره صحيحاً أو قويماً أو صواباً، وما لم يتطابق معها عُدَّ عنده خطأ، أو ضلالاً، أو هرطقة، أو زيفاً.

ولئن كان التطرف موقفاً ذهنياً ومنطق تفكير، فإنه يتجسد في هذا العناد الكلي لكل رأي مخالف انطلاقاً من توهم أننا الأعلم بالحقائق؛ إذ لا تنتبه العقلية المتطرفة إلى كون عقلها - تماماً مثل كل عقل بشري- محدود الإدراك مهما كان نبوغه وتبحره في العلم؛ ولهذا فهي تظن أن أقوالها وأحكامها هي الحق. وعلى هذا الأساس فهي تنشئ بطريقة واعية أو تلقائية طريقة تفكير تعتمدها مقياساً ثابتاً لا يتغير للتمييز بين الصحيح والخطأ، والحق والباطل. ويصير من السهل والمتداول أن نقول جميعاً الحق بيّن والحرام بيّن، دون أن يكون اتفاقنا حول ما هو حق وما هو حرام مؤكداً، كما يحلو لنا أن نتوقع.

من المعقول والمنطقي أن يكون لكل واحد منا أو لدينا مجتمعين مثل هذه المقاييس التي نعتمدها للتمييز بين ما هو صواب وما هو خطأ، فهي ضرورية لتكون تصرفاتنا صادرة عن وعي وتفكير، وهي ضرورية أيضاً لنتمكن من العيش الجماعي؛ فدونها تحل الفوضى ويمتنع التعايش، إلا أن المشكلة تكون عندما تصبح هذه التمييزات قاطعة كالمسطرات التي تقاس بها الأقوال والأفعال، فتكتسب قيمة متجاوزة تبدُّل الأحوال والظروف والأطر المتغيرة بالضرورة. وهي مشكلة تزداد حدتها عندما تكون هذه المعايير عبارة عن حدود نهائية حاسمة لما هو صواب مطلقاً ولما هو خطأ مطلقاً.

فأن نموت من أجل الوطن أو نضحي بأنفسنا فهذا فعل صحيح مجمع عليه، وأن نمتنع عن التضحية بأنفسنا في سبيله فهذا خطأ، قد تعاقب عليه القوانين. وأن نسرق فهذا فعل خاطئ نتفق جميعاً على اعتباره كذلك. وأن نمتنع عن السرقة فهذا فعل صحيح نتفق جميعاً على صحته. لكن، هل

الموت في سبيل المشروع النازي صحيح، وهل موت الجندي الأمريكي القادم من آلاف الكيلومترات ليغزو العراق صحيح؟ في كلتا الحالتين قالت الدولة لهذا الجندي أنت تقاتل من أجل وطنك، من أجل قوته، أو منعته. وكذا الشأن في حالة الجماعات الدينية المتطرفة؛ إذ تقول قياداتها لأفرادها أنت تقتل أو تموت وتميت من أجل الدفاع عن عقيدتك، وفعلك صحيح؛ لأن الموت والإماتة من أجل العقيدة أو الوطن فعل صحيح وواجب.

لكن، هل هذه الصحة مطلقة لا يمكن الشك فيها أو تنسيبها، فما يخالفها حتماً هو الخطأ أو الضلال؟ أليس في الموت هنا أو القتل تضحية بالنفس التي أعزها الله بالخلق؟ أليس فيه تعدٍّ على حق الناس في أن يعيشوا في أوطانهم كما يحلو لهم، بحجة أنهم يهددون ديننا أو حقنا في أن نعيش في أوطاننا كما يحلو لنا أن نعيش؟ كيف يستقيم أن نحمي حقنا في الحياة بأن نأخذ من الآخر حقه فيها؟ أليس الناس الذين نقاتلهم أو نجبرهم على اعتناق عقيدتنا أصحاب عقائد تعز عليهم بالصورة نفسها التي تعز علينا عقيدتنا؟

في فعل الحرب كما تسميه الدول، أو الجهاد كما تسميه الجماعات الجهادية، تستند الدول والجماعات إلى ترسانة من التبريرات التي تحاول سد كل المنافذ نحو هذه الأسئلة البديهية التي يمكن أن يطرحها كل إنسان، إلا أنها مع هذا لن تستطيع بهذا المنطق الثنائي أن تستنفذ كل الأسئلة الممكنة.

كذلك في شأن السرقة، أو الكذب، أو كل القيم الأخلاقية التي نعيش بها ونحيا. هل هي قيم معلقة في الهواء خارج الزمان والمكان وظروف المناخ؟ هل يستوي حكم السرقة فيمن يسرق خبزاً وهو يوشك على الموت، مع من يسرق منزلاً ليغنم ما فيه؟ وهل يستوي حكم إفطار رمضان لمن يوشك على الموت بحكمه لمن يقوم به ضجراً؟

ليس هدفنا من هذه الأمثلة تبرير الممنوعات أو المحرمات، وإنما التنبيه إلى أنه في هذه الأمثلة القصوى، وفي أشباهها، وهي كثيرة في كل تصرفاتنا اليومية، ثمة منطقة وسطى بين الصواب والخطأ لا ترضى العقلية المتطرفة أن تنظر إليها، تُنَسّب الصواب كما تنسب الخطأ. ليست السرقة، ولا الكذب، شراً مطلقاً وضلالاً مطلقاً، وليست الحرية والطيبة والإحسان خيراً مطلقاً. جميعها قيم توجد في التاريخ؛ أي أنها ترتبط بالظروف والأوضاع والنيّات. ولهذا، فإن القوانين البشرية والتشريعات الإلهية رعت هذه الظروف، ونبهت إليها في أحكامها، وكذلك حذر الله من القتل بغير حق، وأوقف الخليفة عمر بن الخطاب العمل بحد السرقة عام المجاعة، وبرر الفقهاء تيسيرات شتى في الدين مراعاة لظروف القيمة أو الحكم تُنَسّب حديتها.

وتبعاً لتعريف التطرف الذي أشرنا إليه، نعتقد أن الحل التربوي هو أهم وسائل حماية الناشئة منه؛ لأنه الحل الذي يمَكّن من معالجة التطرف في جوهره؛ أي بما هو موقف ذهني لا يقبل الحلول الوسطى، ولا يقبل تنسيب أحكامه؛ لأنه لا يقبل أن يراجع مسطرته الذهنية التي على أساسها يصدر هذه الأحكام. وهو حل تزداد أهميته بما أنه يعمل على تلك المرحلة من عمر الإنسان التي يبدأ فيها تشكُّل منطق التفكير عند الناشئة، في تلك البداية المحددة لمنطق تفكيره حتى الكهولة، التي تحدث عنها أحد علماء التربية المرموقين جون بياجي بين سن سبع سنوات وأربع عشرة سنة[4]. وهو فضلاً

---

4. يتحدث جون بياجي عن مرحلتين يتشكل فيهما نظام التفكير المنطقي عند كل إنسان: مرحلة حسية حركية، يتكون فيها ذكاء الطفل بالاستناد إلى حواسه وأفعاله، ومرحلة تجريدية مفهومية، وهي مرحلة بداية صناعة المفاهيم، وهي من فترتين: فترة الطفولة في حدود سن سبع سنوات، ثم فترة المراهقة، وهي بين سن اثنتي عشرة سنة، وأربع عشرة سنة، وفي هذه الفترة بالذات، يتشكل بصفة نهائية نظام التفكير المنطقي الذي سيعيش به الإنسان، راجع:

Olivier Houdé, Le Raisonnement, PUF, 2014, p21

عن ذلك يتميز بالقدرة على التأثير العام في المجتمع وثقافته في كليتها؛ لكونه الأقدر على أن يشمل أكبر عدد من أفراده.

لا يتمثل هذا الحل في مجرد اعتماد الطرائق التربوية الجديدة في التربية التي أنشأها تيار التربية الجديدة في النصف الأول من القرن العشرين، وإنما قصدنا يذهب إلى ما هو أبعد من هذا؛ أعني إلى مصدر هذه الذهنية المتطرفة المتمثل في الذهنية العامة المسيطرة على ثقافتنا، والمتحكمة حتى في العملية التربوية. فنحن نرى بهذا الفهم أن هذه الذهنية تحمل بعض الخصائص التي قد تكون مسؤولة على نشأة التطرف، وأن مقاومة التطرف تتعلق بتغييرها؛ أي بتغيير في الرؤية العامة المتحكمة في الثقافة في كليتها، بما في ذلك العملية التربوية العمومية في أهدافها ومناهجها الدراسية، وأساليبها التقييمية.

ويتمثل هذا التغيير في انتقال ثقافي عام من نموذج تفكير هو عبارة عن فلسفة حياة هي المسؤولة في نظرنا عن هذه الذهنية المتطرفة، وهي فلسفة تعتبر أن شرط الحياة الجيدة أو السليمة التي تحقق سعادة الإنسان، هو المعرفة بحقائق الحياة والأشياء وأسرارها الثابتة، فكلما أدركنا القوانين المتحكمة فينا وفيما حولنا، كالطبيعة والكون والأحداث، حصَّلنا السعادة.

ويكون هذا الانتقال نحو منطق جديد أو تصور مؤطر للتفكير التربوي المنشود، يفيد مما تعرض إليه منطق التفكير السابق من نقد، بعدما لحق فكرة المعرفة والحقيقة في التفكير المعاصر من توضيح لنسبيتها، وذاتيتها، وعَرَضيتها. فلا معرفة ثابتة، ولا حقيقة موضوعية وأزلية، كلها أفكار متغيرة تتحول باستمرار بمقتضى تطور معرفة الإنسان بنفسه وبما حوله. ولذلك، فبناء منطق التفكير الثقافي العام على مبدأ تحصيل المعرفة، والبحث عن

الإحاطة بالقوانين الثابتة المتحكمة في الحياة وقع التشكيك في إمكانيته. وثمة تراكم تاريخي كامل في هذا التشكيك أدى إلى هذه الاستنتاجات؛ فبعد هيمنة النظام الفلكي البطليموسي والنموذج الرياضي الإقليدي في فهم الكون وتفسيره، وتفسير وجود الإنسان فيه، جاء النظام الفلكي الكوبرنيكي، والنيوتني الفيزيائي بين القرنين السادس عشر والسابع عشر، لينسف ما عُدَّ سابقاً حقائق ثابتة، صالحة لتفسير الحياة ونظام الأشياء؛ فلم تبق الأرض مسطحة، ولا بقيت مركز الكون. وأحدث هذا الكشف وأمثاله ثورة في فهم العالم والإنسان عُدَّت هي الأخيرة، ونُظر إلى الرياضيات باعتبارها المرساة العلمية لكل يقين. إلا أن هذا النظام بدوره تعرض للتكذيب، بعد أن عرفت الرياضيات والفيزياء أزماتها المتكررة مع نظريات النسبية والفكر المركب، مع أسماء معروفة كهايزنبرغ، وكورت غودال، وغيرهما. واستقر رأي فلاسفة العلم على تقرير ما قاله علماء التأويل منذ قرر الفيلسوف الألماني فريدريك نيتشه أن الإنسان لا يصل إلى حقائق، وإنما هو يصنع تأويلات لما حوله، ينتجها ويعيش بها حياته.

ومقابل التفكير في تحصيل المعرفة باعتبارها طريق الهيمنة على الطبيعة وعلى الحياة، نشأ تفكير جديد مازال يحاول الإقناع بصلاحيته، يؤكد أن شروط الحياة السليمة أو السعيدة، تتمثل في القدرة على **التأقلم**، وامتلاك كفاءة حل المشكلات التي تصادفنا في كل لحظة من حياتنا، من أبسطها إلى أكثرها تعقيداً، فنحن نحيا عبر إنجاز يومي لخيارات بسيطة في مستوى سلوكنا البسيط بداية باختيار الجمل التي نقولها أثناء أبسط الحوارات أو عمليات التخاطب اليومية مع الآخر، وصولاً إلى القرارات المصيرية التي تحدد مسارات حياتنا. ففي جميع الوضعيات التي نعيشها في أثناء حياتنا اليومية نحن لا نكف عن التأقلم مع ما يأتينا من أحداث، وما نوجد فيه من أوضاع، وسياقات. وننجز ذلك بطريقة تلقائية، دون أن ننتبه إلى كوننا في كل لحظة من حياتنا نحاول أن نختار الفعل الأنسب للوضعية التي نوجد فيها.

لا نتحدث هنا عن انتقال من نموذج معرفة نظرية هدفها تلقين المعارف، نحو نموذج معرفة عملية تسعى إلى تكوين المهارات العملية الحِرفية، وإنما نتحدث عن تحول نحو هدف أساسي للتربية، جوهره **التهذيب أو التكوين أو التثقيف** édification/Bildung، واكتساب القدرة على التأقلم مع الطارئ والعرضي واليومي، باعتبارها الأبعاد الأساسية للعيش[5].

يعني التهذيب أو التثقيف هنا تحقيقاً لوعي جديد لدى الناشئة مؤداه الإيمان بنسبية الحقائق التي نعيش بها، وطبيعتها صناعة جماعية لاتفاقات متغيرة باستمرار، هدفها ضمان دوران عجلة الحياة الاجتماعية؛ ما يقود إلى ممارسة وجود منفتح على الآتي والممكن والمحتمل، وعلى الآخر الإنساني، في تجربة إثراء توجّه حياة الإنسان، التي لا يمكن أن تتوقف.

---

5. في هذا السياق يتحدث الفيلسوف البريطاني برنار ويليامس عن ضرورة إحداث هذه النقلة في المنطق العام للثقافة، ولتفكير الأفراد، من منطق محكوم بطرح السؤال "ماذا يتوجب عليَّ أن أفعل؟"، إلى منطق تفكير جديد يكون فيه السؤال الذي نطرحه باستمرار في كل تصرفاتنا هو "كيف يمكنني أن أعيش؟". فالسؤال الأول يفكر في وجود قيم معناها مطلق وثابت يتعين على الأفراد أن يسعوا لتطبيقها، فهي قيم واجبة بمعنى أنها مطلقة وملزمة للأفراد في إطلاقيتها، فأن لا نكذب وأن نتحلى بالصدق قيمة واجبة ومطلقة، عليَّ أن أسعى للتقيد بها في كل وضعيات حياتي، بصرف النظر عن نتائجها. بينما يهتم السؤال الثاني بالبحث عن الخيار المناسب في وضعية بعينها تؤطرها ظروف معينة، فأن لا نكذب في رأي قد يعرض حياتنا للخطر، قد يكون سلوكاً صحيحاً بالمنطق الأول، إلا أنه بالمنطق الثاني يعد سلوكاً خاطئاً بما أنه قد يهدد حياتنا. ليس الهدف هنا التبرير للكذب وتدمير المعايير الأخلاقية، وإنما بيان أنها معايير قد يتغير مدلولها، وقيمتها بحسب الظروف والوضعيات التي يجد فيها الإنسان نفسه. ويسمى هذا التفكير بالبراغماتية أو النفعية، إلا أنه نابع من اكتشاف أننا في الواقع لا نعيش بالحقائق، وإنما نحن نعيش عبر عملية تأقلم مع الوضعيات التي نوجد فيها.

راجع:

Bernard Williams, Vérité et Véracité (essai de généalogie), Trad. Jean Lelaidier, Gallimard, 2006

وسنشرح في القسم الثاني من هذه الدراسة هذا المنطق الذي ندعو إلى تجاوزه، بواسطة التربية العمومية، في مناهجها ومضامينها واستراتيجياتها، على اعتبار أنه يمثل رؤية ثقافية عامة أو منطق تفكير جماعي يسهم في تغذية التطرف، ثم سنشرح في القسم الثالث هذا المنطق البديل التهذيبي، باعتباره غاية تحول منشود.

ثانياً: النموذج التربوي الكلاسيكي... خصائصه وامتداده التاريخي

لفهم منطق التفكير العام المؤطر لتفكيرنا التربوي الراهن، والذي يمثل فلسفة عامة للحياة تُوجِّه عندنا سائر أصناف السلوك، وتحدد مدلولات القيم التي تُوجِّه أفعالنا، وتتسبب في تكون الذهنية المتطرفة، أو تسهم في نشأتها على الأقل، قد يكون من المفيد أن نعود إلى مهده اليوناني، وتحديداً إلى أفلاطون (ت347 ق.م)، باعتباره المهد الذي تشكل فيه هذا المنطق واخترق كل التاريخ إلى لحظتنا الراهنة، تماماً كما تشكل علم التربية، فقد تأسس علم التربية، وأدرج ضمن تفكير فلسفي كامل مايزال هو التفكير المهيمن على علم التربية، بل على شتى القطاعات الثقافية السياسية والاجتماعية إلى اللحظة الراهنة، في النصف الثاني من القرن الخامس قبل الميلاد، في الإطار الأثيني للنظام السياسي الديمقراطي مع أفلاطون في تصوره المعرفي للوجود البشري[6].

---

6. راجع:

Les grands penseurs de l'éducation, Sciences Humaines, N45, décembre 2016 - janvier-février 2017, p 6-7

يقوم هذا المنطق الأفلاطوني على تصور تراتبي (hierarchical) ثنوي (dualistic) للوجود في كليته يقسمه إلى عالم مفارق، أعلى في الرتبة، هو عالم المثل أو الحقائق الأزلية، وعالم أدنى هو عالم الأعراض المتغيرة المدنسة. والإنسان نسخة مصغرة من العالم، فيه ما فيه من خصائص هذه التركيبة التراتبية الثنوية، فهو من روح عارفة بالحقائق الأزلية، = هاوية في جسد هو قبر لها، يجعلها تنسى معرفتها القديمة بتلك الحقائق الأزلية. وإذا كانت سعادة الإنسان هي الهدف الأساسي من

وسيخترق هذا التصور المعرفي للوجود البشري التاريخ، لنجده في قلب الحداثة الأوروبية، مع أهم فلاسفتها روني ديكارت (ت1650م)، وإيمانويل كانط (ت1804م)[7]. ولئن احتفظ هذان الفيلسوفان بالمعرفة هدفاً للحياة السليمة، وبالحقائق والقوانين الموضوعية المتحكمة في الكون بوصفها هدف المعرفة، فإنهما قالا إن العقل البشري هو الذي يحمل المعارف، بالحقائق والقوانين المتحكمة في الحياة؛ ولذلك فإن دوره ليس أن يتأمل في نظام العالم كي يصل إلى هذه المعارف، وإنما عليه أن يتأمل نفسه، بما أنه عقل كالمرآة التي تنعكس عليها حقيقة العالم، يكفيه أن يغوص في نفسه لكي يحصّل كل المعارف، وذلك بتطبيق منهج سليم في التفكير.

وبين الفترة الأفلاطونية والفترة الحديثة، ثمة تصور ثالث كان الوسيط الذي نقل هذا التصور عبر التاريخ. فبمقتضى العلاقة التوحيدية المشتركة بين التوحيد الفلسفي الأفلاطوني، والتوحيد الديني للديانات الإبراهيمية الثلاث، اليهودية والمسيحية والإسلام، تكفلت هذه الأديان الثلاثة بنقل هذا التصور بعد أن حررته من وثنيته، وأدرجته في التصور الديني التوحيدي للكون.

ويمكن القول إن هذه الفترات الكبرى التاريخية الثلاث هي التاريخ الإجمالي لمنطق التفكير هذا الذي يعدُّ المعرفة شرطاً لتحقيق السعادة، وهي معرفة

الحياة، فإنها لا تتحقق إلا عبر استعادة تلك المعرفة المنسية بتلك الحقائق الأزلية، وبتلك الاستعادة وحدها يحيا الإنسان الحياة الجديرة بمقامه الإنساني المميز عن سائر الكائنات، ومن هنا تصبح حياة الإنسان رحلة استعادة لتلك المعارف المنسية، رحلة معرفة. سيمثل هذا الربط بين الحياة الجيدة والمعرفة، منطق التفكير الإنساني العام الذي يتواصل أثره إلى اللحظة الراهنة.

7. ثمة إجماع على تقرير هذه الاستعادة في الفكر الفلسفي المعاصر، التي هيمن معها التصور الثنوي للإنسان مع استمرار هيمنة المنطق الأرسطي على الرغم من ظهور المنطق النيوتني على أساس التصور النيوتني (نسبة إلى نيوتن) للعالم، راجع مثلاً: ريتشارد رورتي، الفلسفة ومرآة الطبيعة، ترجمة حيدر حاج إسماعيل، المنظمة العربية للترجمة، مركز دراسات الوحدة العربية، بيروت، ط1، 2009.

بقوانين أو حقائق ثابتة هي سر العالم والحياة. وهو منطق التفكير الذي سيتحكم في العملية التربوية، سواء في المؤسسة التعليمية العمومية التي تشرف عليها الدولة، أو حتى في السلوك الفردي التعلمي للحياة. فلدينا رؤية واحدة للوجود، من جهة تصورها لوجود حقائق ثابتة تتحكم في الحياة لا تتبدل، هي قوانينها التي تسيرها. ومن جهة ربطها للحياة الجديرة بمقام الإنسان بالمعرفة. وبموجب ذلك ارتبطت أنظمة التربية في كل هذه الفترات جميعا بهدف تحصيل المعرفة.

بهذه العودة إلى أفلاطون، نتبين المصدر الأساسي لمنطق التفكير هذا الذي نعتبره من عوامل إنتاج التطرف. وبرغم أن ما يفصلنا عن أفلاطون هو أزيد من ثلاثة وعشرين قرناً، فإنه يبقى في جوهر تصوراتنا التربوية المبنية على مجرد تحصيل المعرفة.

وإذا ما عدنا إلى تعريف التطرف، الذي اقترحناه في بداية هذه المحاضرة، قلنا إن هذا المنطق الذي يحصر دور التربية في تحصيل المعرفة هو من العوامل المنتجة للتطرف؛ وذلك لأن تأكيده أن هناك حقائق ثابتة، يعني حتماً أنها واحدة، وهو الإقرار الذي يتولد عنه الصراع بين الجماعات والأفراد على احتكار ملكيتها. فهكذا تنازعت الأديان فيما بينها، كتنازعها داخليا بين فرقها المختلفة، وكان مصير المخالف في العقيدة، داخل الدين نفسه، كمصير المخالف من الديانة الأخرى. وبالصورة نفسها تنازعت الأيديولوجيات حتى ما كان منها الأشد إلحاداً، ولم تختلف أيديولوجيا الحداثة عن هذا المصير، حين اعتبرت أن كل الشعوب التي لا تعتمد طريقتها العقلانية في الوصول إلى الحقيقة كتلك التي تعتمد على الإيمان والتسليم الدينيين، شعوباً توجد خارج مجال الإنسانية.

بهذه الصورة اعتبر الغرب الأوربي، ثم الأمريكي، نفسه مركز العالم وحاكم البشرية، بما أنه المالك الأكبر للمعارف، وتبعاً لاعتباره أنه القادر الوحيد على

إنتاجها؛ ولهذا فرض على العالم كل تصوراته المتعلقة بالقيم وبتنظيم المجتمعات وسياستها، بداية بفرضه شكل الدولة وطبيعتها الديمقراطية، وصولاً إلى فرضه النمط الاقتصادي الرأسمالي، في شكل عملية عولمة قسرية، جرت في أحيان كثيرة في شكل إبادات جماعية، كتلك التي مورست على الهنود الحمر في أمريكا، أو في شكل محو كلي لمقومات الثقافة المحلية، ولاسيما اللغة كتلك التي مورست على قبائل الإنويت في الشمال الكندي.

ليس التطرف مختصاً بشعب بعينه ولا بديانة معينة، ولاسيما الشعوب المعتنقة للدين الإسلامي، كما يروّج له في الوقت الحالي[8]، إنما هو ظاهرة شاملة كونياً، وخصوصاً في المجال التوحيدي المتوسطي، ونقصد هنا الإطار الجغرافي الذي تدين شعوبه جميعاً بالديانات التوحيدية الثلاث. ولئن يسمح المنظور المعتمد للدراسة بتفسير هذا الحكم، فلأنه يغوص إلى الأسباب العميقة للظاهرة، في منطق التفكير البشري، وفي فلسفة التربية التابعة له.

وبهذا يتيسر فهم أن الإرهاب الديني ما هو إلا شكل من أشكال التطرف، لا يختلف عنه في الخطورة ما اقتُرف في مقابله باسم الأيديولوجيات الحديثة العلمانية. كما لا يصعب في ظل هذا التحليل أن نفهم السبب الذي يجعل من تلقوا تكويناً علمياً صرفاً مبنياً على تحصيل المعرفة ينخرطون في عمليات إرهابية، تجعلهم لا يختلفون عن أبسط الناس تكويناً علمياً، حيث لا تحمي المعرفة من التطرف، إذا اعتبرها المتحصّل عليها الحقيقة الثابتة الوحيدة، كما لا تحمي التربية بهذه الفلسفة العامة الموجِّهة للمعرفة من أن يتحول المتخرّج عليها إلى أشد الناس دوغمائية.

---

8. يعرّي فخري صالح دور أعلام الاستشراق الجديد، برنار لويس وصامويل هنتنغتون... في صناعة هذه التهمة التاريخية الكبرى وصماً للإسلام والمسلمين، ومصدره مركزية غربية دينية شديدة العدائية للثقافات الكبرى، ولاسيما للثقافة الإسلامية. انظر، فخري صالح، كراهية الإسلام: كيف يصور الاستشراق الجديد العرب والمسلمين (بيروت، الدار العربية للعلوم، ط1، 2017).

ثالثاً: النموذج التربوي البديل وسياقه الفلسفي المؤطر

إذا أردنا شرح المنطق البديل المطلوب، كفلسفة عامة للتفكير تؤطر فلسفة التربية عندنا، توجب علينا أن نتذكر الثورة المعرفية العلمية الراهنة التي بينت الحدود العلمية لما كان يُعدُّ في العلم حقائق ثابتة، وخصوصاً الثورة في مجال الفيزياء والرياضيات التي بينت أن حقائقها التي كشفتها ليست بدورها حقائق ثابتة. وقد كان تأثير هذه الثورة المعرفية التي طالت كل العلوم كبيراً في تكذيب منطق التفكير العام الذي رافقها، وهو منطق التفكير الأفلاطوني والأرسطي الذي مازال مهيمناً بدعواه أن الحقائق المعرفية حقائق ثابتة، وأنه بمقدور الإنسان تحصيلها بثباتها هذا. ومن ثمَّ، فإن كل هدف الإنسان، بما في ذلك هدف التربية، هو تحصيل المعرفة.

تمثلت هذه الثورة في ظهور ما يسمى بنظريات الفكر المركب complexity theories، ونظرية الفوضى chaos theory، والثورة الكمية quantum revolution في مجال الفيزياء. ودون الدخول في التفاصيل العلمية لهذه النظريات العلمية المتعلقة بدراسة القوانين المتحكمة في المادة، فإن نتيجتها أنها كذَّبت كل المفاهيم التي كان العلم يعتمد عليها أدلة ومناهج للوصول إلى الحقائق والقوانين المتحكمة في الحياة، مثل مفاهيم النظام الموجود في الأشياء والعالم، والحتمية، والعِلِّيَّة، والاستقرار، والموضوعية، أو قدرة الملاحظ على الحياد في دراسته للظواهر، وغيرها من المفاهيم. أما المفاهيم التي أدخلتها هذه الثورة فهي من قبيل مفهوم الصدفة، والانبثاق، والذاتية، وغيرها من المفاهيم.

ويمكن القول إن مؤدى هذه المفاهيم الجديدة هو تأكيد أنه لا وجود لحقائق أو قوانين حتمية أي ثابتة وأزلية متحكمة في الكون وفي حياة الإنسان، وأن هذه الحقائق هي مجرد مكتشفات مرحلية، هي صحيحة إلى حد الآن، إلا أن

مصيرها المستقبلي أن تزول قيمتها، حين يتقدم الإنسان في المعرفة شوطاً آخر. ولكن مؤداها أيضاً أن كل معرفة يصل إليها الإنسان هي معرفة جزئية لا كلية، وهي أيضاً معرفة ذاتية، أي محكومة بالقدرات العقلية للإنسان، وليست ممثلة لحقيقة الكون[9].

وقد رافق هذا التحول المعرفي تعريف جديد للإنسان، من اعتباره كائناً عاقلاً، بمعنى أنه قادر بالعقل على تحصيل كل الحقائق، إلى تعريفه بكونه كائناً مُؤَوِّلاً، ليس بمقدوره إنتاج الحقائق، وإنما كل ما ينتجه هو تأويلات. فهو كائن لا يعيش بالحقائق، وإنما هو يؤول ما يحيط به ويتأقلم مع ما حوله من أحداث العالم وأشيائه ومع من حوله من البشر؛ ولذلك فهو يبني في كل لحظة من وجوده اتفاقات مرحلية مع الآخر، تجري في كل عملية تخاطب، في أبسط عمليات التواصل، ويتأقلم مع ما يطرأ له من أحداث، في أبسط أفعاله، فاتفاق أفراد المجتمع على قاعدة أخلاقية ملزمة اجتماعياً لا يختلف في كونه اتفاقاً جماعياً عن ذهاب أي فرد إلى أي دكان ليشتري رغيف خبز، ومن ثم فعليه أن يدفع ثمنه قبل أن يغادر. في كلتا الحالتين نحن إزاء اتفاقات يجريها الإنسان ويعيش بها في كل آن وحين، وتحكمها عملية تأقلم مستمرة مع عوامل كثيرة تؤطر وجوده.

في ضوء هذا التحول الكلي لتعريف الإنسان، وتعريف الحياة، الذي يؤكد أن الإنسان يعيش حياته عن طريق التأقلم والتأويل، لا بالحقائق والمعارف - يتوجب التغيير التدريجي لمنطق تفكيرنا في الحياة، وكذلك يتوجب التغيير التدريجي لفلسفة التربية في مستوى الهدف المعرفي الذي مازال مهيمناً عليها، وفي مستوى القيم الموجِّهة للوجود التي يتعين غرسها في الناشئة.

---

9. حول تفاصيل هذا التحول المعرفي راجع:

Mohamed Ben Ahmed, Une science Nouvelle Pour Une Nouvelle Vision Du Monde et De L'Homme, Centre De Publication Universitaire, Tunis, 2015

ففي مستوى الأهداف، لم يبق جائزاً حصر هدف التربية في تحصيل المعرفة؛ ففضلاً عن ظهور منافس للمؤسسة التربوية في تلقين المعرفة، وهي شبكة الإنترنت التي تمتاز بالسهولة واليسر والمتعة، فإن تجربة التطرف في الجانب الإسلامي صارت تؤكد أن المعارف لا تحمي من التطرف؛ بما أنها لا تحمي من يحمل أعلى الشهادات العلمية من أن ينزع سترة الطبيب أو المهندس أو المحامي ليلحق بالجهاد مع إحدى الجماعات الجهادية المنتشرة هنا وهناك، أو يصبح من جندها الاحتياطي للالتحاق بها في أي لحظة، ويتعين في هذا الوضع تغيير الهدف من التربية، من هدف تعلم المعرفة إلى هدف **تعلم التعلم**.

ولا يتمثل الأمر في الاستغناء عن تقديم المعارف أياً كانت طرقه، وإنما في تأطير تلك الغاية، في سياق أوسع هو إعداد الناشئة لاكتساب مهارة العيش في الحياة، وذلك باعتبارها قدرة على التأقلم مع الأوضاع الحياتية بكل أبعادها. وهي قدرة تتمثل في الاستعداد والكفاءة لخلق الاتفاقات مع الآخر، والانسجام مع الإطار الذي نوجد فيه، وفي هذا الوضع تصبح المعارف ضمن عناصر تعلُّم القدرة على العيش، بوصفها معارف مرحلية جزئية ونسبية، يعرف الطالب صفتها تلك، بحيث يدرجها ضمن وعي ذاتي بأنها لن تكتمل، وبأن عليه تحويرها وتطويرها باستمرار.

وبالصورة نفسها يصبح التعلم تعلماً للتعلم، ويسمى بتبسيط معروف امتلاكاً لملكة النقد والتقييم، وتطهير العقل من الأحكام المضللة، لاكتساب نوع من الحكمة في اتخاذ القرارات، وفي تنقية الجيد من السيئ فيما يمكن تعلمه. إن مقصودنا من إكساب الفرد القدرة على التعلم أن يكون الهدف من التربية **التهذيب والتثقيف** أي بناء الذات القادرة على التعلم المستمر، والحريصة على تجديد معرفتها، وتفادي القول بأننا وصلنا في مرحلة من حياتنا إلى تحصيل المعرفة. إن هذا الحرص على تجديد المعرفة ومراجعة الذات في أحكامها ومعاييرها، إذا ما تحول إلى وعي ثابت عند الناشئة فإنه

سيحميهم من أن يكونوا معايير نهائية جامدة لا تأخذ في اعتبارها تغير المعرفة وتجددها ونسبيتها، فيحميهم من هذا المصدر الأساسي للتطرف.

ويتطلب هذا تحويراً للقيم التي يراد من التربية تنشئتها في الناشئة. وتمثل قيمة **التواضع** القيمة الكبرى التي يتعين الاهتمام بها. ولئن كان معنى التواضع يحيل على مدلوله الأخلاقي المعروف، فإنه موقف عقلي واع، من المعرفة يعني أن تتحول المعرفة عند الناشئة وفي وعيها إلى **طموح**، ليعرفوا أنهم لن يصلوا مطلقاً إلى الحقيقة النهائية. وهو طموح يتغذى من إدراك الناشئة أنهم كسائر الناس لا يعلمون من العلم إلا قليلاً، ويتحكم فيهم حرص ثابت على تفادي إنهاء مسار التعلم، بحجة أنهم أكملوا تحصيل المعرفة.

ويشترط هذا قيمة أخرى تدخل ضمن مفهوم التواضع؛ وهي **الإيمان بنسبية الحقيقة** التي نعلمها، وذاتيتها. وهي تعني الإيمان بأننا لا نملك الحقيقة مادامت هذه مسألة نسبية وذاتية، ولا يمكن لنا مطلقاً أن ندعي احتكارها. وبهذا الوعي المبدئي إن تمكنا من غرسه في ذهن الناشئة، ينشأ عندهم الموقف المطلوب للتعايش الجماعي السلمي، نقيضاً للموقف المتطرف الانعزالي المكتفي بنفسه. وهذا الموقف هو موقف الانفتاح على الآخر، باعتباره شريكاً في الحياة، قادراً بتجربته أن يمثل لتجربتي الذاتية مصدر إثراء. وبهذه الصورة يصبح وجود الفرد وجوداً محكوماً بالسعي إلى تحصيل الفائدة، أيّمَا كان مصدرها.

من المعرفة إلى التهذيب والتثقيف، نعتقد أن الحل لحماية الناشئة من التطرف، يكون في الانتقال من ذهنية عامة مازالت تحكم فلسفة الحياة والتربية عندنا، وهي تعدّ منطق تفكير يؤمن بأن هناك حقائق وقوانين لها وجود موضوعي؛ أي أنها ليست صنيعة العقل الإنساني. وهو منطق يربط الحياة الصحيحة أو السليمة بتحصيل هذه الحقائق، ويقدم مناهج التوصل إليها، بواسطة أنظمة معيارية تعد وسائل الوصول إليها، وتضع الحدود بين

الصحيح والخطأ، ولا تترك مجالاً لإمكانية ثالثة بينهما. من هذا المنطق المغذي للتطرف علينا الانتقال إلى منطق تفكير ثانٍ، يتوجب استزراعه في ذهن الناشئة، وهو منطق التهذيب والتثقيف باعتباره طموحاً لا يتوقف إلى المعرفة، يشده تحتياً موقف ذهني أساسي هو التواضع بمدلولاته المختلفة خوفاً من الجهل، ووعياً بنسبية الحقيقة وذاتيتها، وتوزعها بين كل الخلق.

نعتقد أن مشروعاً تربوياً تحت عنوان "التواضع المعرفي والنسبية" هو الكفيل بتكوين هذا الوازع الضميري الذي يعد تحصيناً داخلياً من كل تهديدات التطرف. ولئن كانت وسائطه متعددة، فهي العائلة والمدرسة والمجتمع أو الشارع، فإن القائم الأكبر به هو الدولة، تحوله إلى استراتيجية كبرى تضع لها الاستراتيجيات التعليمية والإعلامية والثقافية والدينية المناسبة، في مستوى المناهج الدراسية، والإطار التربوي خاصة، وفي مستوى الخطاب العام المنتشر على نطاق المجتمع ككل في الوسائط الإعلامية، ولاسيما في الخطاب الديني الذي يعد بشكله الحالي أكبر عوامل تكريس ثقافة التطرف، بمقتضى قيامه على منطق الفلسفة الكلاسيكية للحياة، وتكريسه لهذه القسمة الثنائية للعالم إلى عالم زيف وباطل وعالم حقيقة.

يحتاج الخطاب الديني خاصة، كسائر الخطاب التربوي العام إلى هذا التجديد الكامل في مستوى المنطق الذي يشده، من المنطق الثنوي الأفلاطوني والأرسطي إلى منطق جديد يواكب الثورة المعرفية في العلم. وهو عمل لا يكفي أن ينجز على مستوى محلي قطري، بل يشمل العالم الإسلامي برمته، فكل إصلاح محلي لا يندرج في عملية إصلاح على مستوى إسلامي أشمل، لن يأمن أن يعود إليه من الخارج، ما بُذل في سبيله مجهود أجيال لطرده من الداخل، وتشهد على ذلك حركية التطرف الديني الجهادي باسم الإسلام، فكلما أُغلِقتْ دونه أبواب في هذه البقعة أو تلك من العالم الإسلامي، فتح لنفسه واجهة جديدة تبقي بذرته حية.

خاتمة

حاولنا في هذه المحاضرة البحث في حلول مقاومة التطرف لدى الناشئة، من مدخل معين تتمثل خصوصيته من جهة أولى في المقاربة الفلسفية لمفهوم التطرف وعلاقته بمنطق التفكير، وعلاقة منطق التفكير بالثقافة التي ينشأ فيها الفرد، وبالمؤسسات المشكّلة لوعيه الثقافي، وعلى رأسها المؤسسة التربوية. وهي من جهة ثانية تتمثل في الوسيلة التربوية المقترحة لمقاومة التطرف.

فمن الجهة الأولى، بحثنا عن تعريف جوهري لمفهوم التطرف، يتفادى التعريفات المحكومة بنوع من التعصب الثقافي أو الديني، الذي يقرنه بالدين الإسلامي، أو بالمجتمعات الإسلامية، كما يقع الترويج له في بعض وسائل الإعلام الغربية، فبيّنا أن مفهومه يرتبط بموقف ذهني، هو منطق تفكير، لا ينشأ في الفرد من تلقاء نفسه، إنما هو نتاج منطق تفكير ثقافة كاملة، يعيش فيها الفرد فيتشرب بها، وبمنطقها دون وعي منه.

وتبعاً لهذا التعريف الأولي كشفنا أن مورد التطرف باعتباره منطق تفكير، هو منطق تفكير ثقافي منتشر في الشرق كما في الغرب على حد سواء، مأتاه عميق في التاريخ. فهو يعود إلى أصل يوناني مشترك بين الثقافات التوحيدية خاصة. وفي هذا الأصل تم عبر تفكير أعظم فلاسفة التاريخ الإنساني، أفلاطون ثم تلميذه أرسطو، تركيز أعمدة منطق التفكير الذي صار في الوقت الحالي من أسباب التطرف. فإذا كان التطرف يُتَعرَّف عندنا بأنه توهم امتلاك الحقيقة والمعرفة النهائية بحقائق الأمور والحياة والكون، فإن فكرة وجود حقائق نهائية تتحكم في الحياة، وفكرة ضرورة أن تكون الحياة مسيرة تحصيل لهذه المعرفة - هاتان الفكرتان تم تأسيسهما في التاريخ البشري من قبل أفلاطون.

ولا يعني هذا أن البشرية لم تكن تسعى للمعرفة قبل أفلاطون، فتلك طبيعة فيها لن تتغير، ولكن، مع أفلاطون صار تحصيل المعرفة هو الشرط الوحيد لتحقيق سعادة الإنسان. وتمكن تفكير أفلاطون من أن يهيمن على العصور؛ لأنه كان مؤسس الفلسفة والتفكير الفلسفي الذي اخترق التاريخ، وتأقلم مع كل المراحل التاريخية التي مرت بها الإنسانية، بل لأنه كان أيضاً مؤسس التفكير التربوي الذي سينطبع بهذه المهمة، أي مهمة تحصيل المعرفة.

وعلى أساس تعريف التطرف السابق، وعلاقته بمنطق التفكير، اعتبرنا من جهة ثانية أن الوسيلة الأساسية لمقاومة التطرف عند الناشئة، أو للتوقي منه، هي الوسيلة التربوية، وترتبط أهمية هذه الوسيلة بكونها تعمل على مستوى تكوين الذهنيات، في بداية مسار تشكلها في حياة الفرد، خلافاً للمقاربات البعدية المتصدية للتطرف؛ كالمقاربة الأمنية التي تحول الدولة إلى حارس شخصي لمجالها الوطني، في وضعية تأهب مستمرة لحماية هذا المجال. وهي مقاربة على فائدتها تحمّل الدولة خسائر بالجملة، إن لم تكن في حجم الجهد والإنفاق المادي، فإنها تمثل تهديداً حقيقياً لمشروعيتها، حين ينجح الفكر المتطرف في العثور على الوسائل البيداغوجية [التربوية] الملائمة التي تمكنه من تحصيل أكبر قدر من الآذان الصاغية إليه لدى الجمهور.

إن قيمة المقاربة التربوية التعليمية فضلاً عن هذا تعود إلى شموليتها، أي قدرتها على أن تشمل أكبر عدد ممكن من الأفراد، هم الناشئة الذين سيتحولون لاحقاً إلى مواطنين، ولكنهم سيتحولون أيضاً إلى أصحاب عائلات سيتكفلون بدورهم بتربية أبنائهم، وتعليمهم منطق تفكير الثقافة، ولكن قيمتها أيضاً أنها المقاربة القادرة على تغيير اتجاه الثقافة المحكوم بالأعراف والتقاليد أيضاً.

ومن هذا المنظور، وتبعاً لتعريف التطرف بأنه منطق تفكير لا يقبل بالحلول الوسطى في تعريفه للصواب والخطأ، فإن الدور الموكول للمؤسسة التربوية،

هو تربية الناشئة على مرونة التفكير؛ بمعنى أن تخلق في الفرد هذا الاستعداد المستمر لتعديل موقفه. وهو استعداد لا يمكن أن يتحقق إلا إذا آمن الفرد بأن الحقيقة نسبية، وهي ذاتية، وأنها مرحلية لا نهائية، وأنه لا يعيش بالحقائق، بل هو كائن يتأقلم باستمرار مع محيطه، ويتصرف بمقتضى ما يطرأ عليه في حياته اليومية من أحداث.

بمفهوم التواضع عرفنا هذا الموقف الذهني المطلوب كشرط جديد لمنطق تفكير يعد أهم تحصين للناشئة ضد التطرف، واعتبرنا أن مهمة إنشائه في الناشئة وفي تفكير المجتمع موكولة إلى المؤسسة التربوية. أما طريقته فهي أن تغير المؤسسة التربوية من أهدافها الموجّهة، أو أن تضيف إليها هدفاً جديداً: لن يكون هدفها تحصيل المعرفة من أجل مجرد التحصيل، بل عليها أن تُدخل في ذهن الناشئة هذا الإيمان بأن الهدف من المعرفة هو اكتساب مهارة العيش، وأن رحلة التحصيل لا تنتهي مادام الإنسان يعيش.

يبدو الخطاب الوارد في هذه المحاضرة موجّهاً للمشرفين على توجيه المجتمع، من رجال الثقافة والسلطة فيه، إلا أنه كذلك خطاب موجّه إلى الناشئة، يدعوهم إلى تبني موقف ذهني وأخلاقي؛ وهو التواضع، الذي يحملهم على تفادي الوهم بامتلاك الحقيقة والمعرفة، ويجعلهم يؤمنون بأن ما يعرفونه يبقى دائماً قليلاً. فلا مفر حينئذ عندهم من العيش في انفتاح دائم على ما يمكن أن يعرفوه في كل لحظة وحين، وهكذا يمكن أن يحصنوا أنفسهم من التطرف.

قائمة المراجع

- توماس ساموال كوهن، **بنية الثورات العلمية**، ترجمة حيدر حاج إسماعيل، المنظمة العربية للترجمة، (بيروت، مركز دراسات الوحدة العربية، ط1، 2007).

- ريتشارد رورتي، **الفلسفة ومرآة الطبيعة**، ترجمة حيدر حاج إسماعيل، المنظمة العربية للترجمة، (بيروت، مركز دراسات الوحدة العربية، ط1، 2009).

- فتحي المسكيني، التفكير بعد هيدغير أو كيف الخروج من العصر التأويلي للعقل، (لبنان، جداول للنشر والتوزيع، ط1، 2011).

- فخري صالح، كراهية الإسلام: كيف يصور الاستشراق الجديد العرب والمسلمين، (بيروت، الدار العربية للعلوم، ط1، 2017).

- Bernard Williams, Vérité et Véracité (essai de généalogie), Trad. Jean Lelaidier, Gallimard, 2006.

- Dominique folscheid, Les Grandes Philosophies, 2éme édit., PUF, Paris, 1990.

- Luc Brison et Jean François Pradeau, Le Vocabulaire De Platon, édit. Ellipses, Paris, 1998.

- Mohamed Ben Ahmed, Une science Nouvelle Pour Une Nouvelle Vision Du Monde et De L'Homme, Centre De Publication Universitaire, Tunis, 2015.

- Les grands penseurs de l'éducation, Sciences Humaines, N45, décembre 2016 - janvier-février 2017

- Olivier Houdé, Le Raisonnement, PUF, 2014, p21.

- https://www.francetvinfo.fr/societe/religion/video-au-nom-de-la-foi-les-enfants-sacrifies_3174625.html

نبذة عن المحاضر

د. أنس الطريقي

عمل أستاذاً مساعداً في اختصاص الحضارة الحديثة بالجامعة التونسية / كلية الآداب والعلوم الإنسانية في صفاقس، وتنصب اهتماماته البحثية على قضايا التحديث في الفكر العربي المعاصر، وإشكاليات العلاقة بين الدين والسياسة، والتجديد الديني في المجال الإسلامي الحديث والمعاصر.

حصل الطريقي على الدكتوراه في اختصاص الحضارة الحديثة عن أطروحته تحت عنوان: "الدولة الدينية في الفكر العربي المعاصر" عام 2011، ونذكر من بين ما صدر له مقالة تحت عنوان: "الصحوة الإسلامية بين مطلب الدولة المدنية وقيد الدولة الدينية"، ومقالة تحت عنوان: "القرضاوي والدولة المدنية: ديمقراطية أم تيوديمقراطية؟" وغيرهما الكثير.